Dreizehn
Weihnachten
auf See

Peter-Michael Luserke

Dreizehn
Weihnachten auf See

editorial alhulia

directora
Marion Möller

Tel/fax 958 63 07 36 • Apdo de Correos 17
18690 Almuñécar, Granada, España

© Peter-Michael Luserke

© Alhulia, s.l.
Plaza de Rafael Alberti, 1
Teléfono-fax: [958] 82 83 01
18680 Salobreña (Granada)

eMail: alhulia@arrakis.es • alhulia@alhulia.com
www: alhulia.com

ISBN: 84-96083-13-6
Depósito legal: Gr. 1.202-2003

Dibujos: Adelheit Philippsen / Dagmar Nebe
Foto portada: PubliCK
Diseño y maquetación: Alhulia, s.l.

Inhaltsverzeichnis

So fing alles an	9
St. Nikolaus	11
Der Auswanderer	13
Weihnachten mal anders	17
Weihnachten im Land Gaddafis	21
Kneipengespräch	25
Schenken, ohne zu denken	29
Von drauß' vom Wasser komm' ich her ... (Aus der Sicht der „Seemannsbraut" Dorothee)	31
Wat mutt, dat mutt	35
Das Christkindl	39
Auch das ist Weihnachten	43
Die Schneekatastrophe	47
Die lebende Weihnachtsüberraschung	49

So fing alles an

Es hatte viele lange Kämpfe gekostet, bis ich meine Mutter davon überzeugt hatte, wie sinnlos Schule sei, da ich doch partout zur See fahren wollte. Nachdem auch die Leistungen entsprechend in den Keller gegangen waren, gab sie nach – und ich startete im September 1958 endlich meine Laufbahn in der „Mosesfabrik", der Schiffsjungenschule in Elsfleth.

Eine Heuer bei Lehrgangsende fand ich auch rechtzeitig und mein lang gehegter Wunsch, endlich zur See zu fahren, sollte sich kurz vor Weihnachten erfüllen. Mein zukünftiger Kümo-Kapitän und gleichzeitiger Reeder schickte mir eine Fahrkarte bis Rendsburg und sogar noch ein kleines Taschengeld. Ich sollte mich dort beim Schiffshändler im Kreishafen melden und auf ihn warten.

Stolz meinen Seesack mit der Erstausrüstung schwingend, kam ich vom Bahnhof mit leicht wiegendem Seemannsgang, den hatten wir schon in Elsfleth geübt, dort an. „Mein" Schiff war noch nicht gemeldet, aber ich könnte dort warten. Plünnen also erstmal abgeladen, dann kam mein erster „Landgang" durch das weihnachtlich geschmückte Rendsburg. Erst jetzt wurde mir bewusst, dass Weihnachten kurz vor der Tür stand und dies mein erstes Fest fern von zu Hause sein würde! Zwar waren wir damals noch nicht „cool", aber „kernig", womit man aufkommende Gefühlsduseleien auch ersticken konnte.

Immer wieder ging ich zum Schiffshändler und fragte nach einer Nachricht für mich, aber leider war niemals eine da. Die Schiffshändler waren damals rund um die Uhr im Wachbetrieb besetzt, um die nur kurz verweilenden Schiffe mit allem zu versorgen. Ich vertrieb mir die Zeit mit kleinen Hilfeleistungen, und die Wachmannschaft verpflegte mich und stellte mir auch eine Koje zur Verfügung.

Am Heiligen Abend war ich, je später es wurde, dann doch nicht mehr ganz so „kernig", und meine Stimmung sank langsam auf ihren Tiefstpunkt. Plötzlich ging die Tür auf, eine mütterlich-resolute Frau kam in den Laden und fragte lautstark nach ihrem „Moses". Sie war die Ehefrau meines künftigen Kapitäns und Reeders und nahm mich erst mal mit nach Hause. Dort rief sie meine Mutter an, die sich schon Sorgen gemacht hatte, und steckte mich in die Badewanne. Im Kreise dieser Familie, auch mein Kapitän kam nachts noch heim, erlebte ich so doch noch ein harmonisches, schönes Weihnachtsfest. Und am ersten Weihnachtsfeiertag ging es dann auch endlich los.

St. Nikolaus

Es schien bei uns die Norm geworden zu sein, dass wir Weihnachten getrennt sind. So kam die Frau, die ich liebe, „auf den Bolzen", die Ostseerundreise in der Vorweihnachtszeit mitzufahren, damit wir wenigstens im Advent ein wenig zusammen sein konnten. Sie holte sich bei der Reederei unseren Fahrplan und fuhr guten Mutes, aber nicht ganz seefest, mit unserem kleinen Sohn in Richtung Schleuse. Schon die Kieler Förde hatte bei 9 Windstärken weiße Schaumkronen, und so stand sie nach der Fahrt mit dem Fördedampfer mit Sack und Pack und mit leicht weißer Nase, bereits seekrank, in der Schleuse. Unser 4-jähriger Sohn war guter Dinge, und als die ersten Aufregungen vorbei waren, hatte Rasmus auch Erbarmen mit meiner Frau, und wir hatten eine für diese Jahreszeit traumhaft schöne Winterfahrt nach Pori. Von dort ging es mit Eisbrecherhilfe weiter nach Oulu, wo uns freundliche Minustemperaturen von 38 Grad empfingen. Durch die Blitzidee mitzufahren und den schnellen Aufbruch hatte meine Frau zwar Wintersachen mit, auf derartige Temperaturen war sie aber nicht eingestellt, also auch nicht dafür ausgerüstet. So konnten die beiden immer nur mal für ein paar Minuten an Land gehen.

Am 6. Dezember, wir luden gerade Holz auf, hielt es meine Frau nicht mehr an Bord, sie mummelte sich und Junior ein so gut es ging, und dann verschwanden die beiden im Windschatten hinter den Ladehallen. Dort lag ein großer See, wunderschön umrundet von dichtem Fichtenwald, und alles war mit einer hohen Schneedecke überzogen. Um 3 Uhr nachmittags stand die Sonne schon so tief, dass sie nur noch ein paar letzte Strahlen hatte, mit denen sie den Schnee leuchten ließ, wie es so typisch für den Norden ist. Der Himmel zeigte alle Farben vom dunkelsten Blau bis zum zarten Rosa, und je weiter die Zeit fortschritt, desto unheimlicher wurde es, denn in der Ferne konnte man Wölfe heulen hören. Auf der anderen Seite des Sees war ein schwach erleuchtetes Haus zu sehen und die Umrisse eines Mannes waren zu erkennen, der auf Schneeschuhen und mit einem Rucksack behangen übers Eis seinen Weg ging. Als meine Frau unserem Sohn erklärte, dass dies der Nikolaus sei, wurde er seltsam still und wusste plötzlich, wer ihm morgens den Stiefel gefüllt hatte.

Der Auswanderer

Von Advents- beziehungsweise Vorweihnachtsstimmung konnte bei uns keine Rede sein! Bis kurz vor dem Suez-Kanal waren zwar alle noch in Vorfreude auf zu Hause gewesen, und es war wohl keiner in der Mannschaft, der nicht abmustern wollte, aber ein Fernschreiben hatte die Träume zunichte gemacht: Es sollte noch zweimal „über den Teich" gehen und dann die große Runde via Nordamerika zurück zum Persischen Golf. Im Klartext bedeutete das, vier bis fünf weitere Monate an Bord zu sein. – Anfang der 60er Jahre gab es noch keine Ablösung per Flugzeug, und auf die persönlichen Wünsche der Mannschaft wurde auch noch nicht so eingegangen wie heute.

Als sogenanntes „Ladeschiff" hatten wir Beirut und Genua schon hinter uns gelassen und waren nun in Livorno dabei, Stückgut zu laden. Mich hatte es mal wieder mit der Nachtwache erwischt. Während sich meine Kollegen an Land amüsierten und ihre letzten Lire zu „den Damen" brachten, drehte ich voller Frust meine Runden. Die Hafenarbeiter waren schon abgezogen und ich hielt mich in der Nähe der Gangway auf. Dort wollte ich die ersten Landgänger abfangen, um mir mit einem Klönschnack die Nacht zu verkürzen. Ein leichter Nieselregen versetzte alles in gespenstische Stimmung, nur verschwommen waren die Lichter der anderen Schiffe und weit entfernt die der Stadt zu sehen.

Ich beobachtete eine große graue Katze, die ganz im Gegensatz zu den sonst üblichen Hafenkatzen ziemlich gut im Fleisch stand und auch um einiges größer war. Sie schaute kritisch unser Schiff, die Gangway und schließlich mich an und kam dann mit größter Selbstverständlichkeit zu mir hoch an Deck, als habe sie das so schon immer getan. Sie schaute mich einen Moment lang fragend an, als wollte sie meine Meinung erkunden, dann marschierte sie kurz nickend und den Schnurrapparat anstellend in Richtung Ladeluken. Das war für die kommenden vier Wochen das letzte Mal, dass sie gesehen wurde. Bemerkbar machte sie sich aber täglich.

Am Wochenende liefen wir aus, und der Koch hatte wie üblich zum Sonntagsmahl die gefrorenen Hähnchen zum Auftauen in die Küchenfenster gelegt – auf den Handelsschiffen konnte man damals den Wochentag noch am Speiseplan erkennen. Die rückwärtigen Kombüsenbullaugen waren mit senkrechten, dicht nebeneinander stehenden Stangen versehen, durch die nicht einmal die Hand eines naschhaften Matrosen passte. Der Smutje machte natürlich ein Riesengeschrei, als er feststellte, dass ihm ein Gockel geklaut worden war. Reihum wurde jeder verdächtigt. Da unsere eigenen Bordkatzen ebenso wie wir recht unruhig waren, ahnten wir schon Böses. Nachdem wir die Straße von Gibraltar passiert hatten, häuften sich die Diebstähle. Doch dann hatte ich das Glück, als einziger unseren „blinden Passagier" zu Gesicht zu bekommen, und das brachte mir den wunderbaren Ruf eines Stars in der Mannschaftsmesse ein.

In den Sechzigern gab es in den Staaten ein riesiges Quarantäneproblem mit Bordtieren. Sie benötigten fortan Impf- und Gesundheitszeugnisse wie wir auch. Da „die" Katze mittlerweile Tagesgespräch war, hatte sich die Geschichte natürlich bis zur Schiffsleitung rumgesprochen, und der Kapitän reagierte entsprechend. Er hatte eine Belohnung von etlichen Kisten Bier auf den Skalp der Katze ausgesetzt.

Was selten vorkam – diesmal herrschte unter der Besatzung Einigkeit: Der Katze durfte nichts passieren! Nur unser Storekeeper ließ sich vom Alten einlullen und hatte sich – auf das Bier hoffend – heimlich bereit erklärt, sich des Falls anzunehmen. Noch in derselben Nacht steckte ein Messer mit einem „freundlichen" Hinweis in seiner Kammertür: Sollte der Katze etwas passieren, erreiche auch er New York nicht! So geschah erst einmal gar nichts ...

Nachdem wir die eisigen Nordhäfen hinter uns gebracht hatten, war ich in Wilmington wieder mit der Nachtwache an der Reihe. Hier herrschten schon frühlingshafte Temperaturen, und ich staunte nicht schlecht, als mir gegen Mitternacht etwas schnurrend um die Beine strich. Noch ehe ich mich versah, stolzierte „er" mit erhobenem Schwanz würdevoll die Gangway runter. Schließlich hatte er nie etwas anderes gewollt als auszuwandern!

Weihnachten mal anders

Nach vielen Jahren bei der D.D.G. Hansa mit dem Traumfahrtgebiet Persischer Golf–Nordamerika, zog es mich als 23-Jährigen mal wieder für kurze Zeit in die Kümo-Fahrt. Das hatte vielerlei Gründe, nicht zuletzt hegte ich recht romantische Erinnerungen an meine Moses-Zeit, die ich auf einem Küstenmotorschiff verbracht hatte. Die Seetörns betrugen nur Tage und nicht endlose Wochen, und ich bildete mir ein, einen gewissen Nachholbedarf, was das Leben betraf, zu haben. Außerdem wollte ich einmal Weihnachten zu Hause verbringen, was mir seit Beginn meiner Fahrenszeit nicht gelungen war. Die Reue kam schnell, denn im Spätherbst zeigen sich Ost- und Nordsee nun mal nicht von ihrer charmantesten Seite.

Da bei der Seefahrt nie etwas so läuft, wie man es sich vorstellt oder gar erträumt, bekamen wir während der Weihnachtsreise durch viel Eisgang und Sturm ordentlich Verspätung. Das Fest bei der Familie konnte ich abschreiben, denn das war zeitlich nicht mehr zu schaffen, mein Elternhaus war in Berlin. So meldete ich mich freiwillig zur „Bordwache" über Weihnachten, damit wenigstens die Kollegen zu ihren Familien fahren konnten, die in der Nähe wohnten. Am Heiligen Abend liefen wir morgens in den Kiel-Kanal und waren am frühen Abend in Brunsbüttel. Dort lag schon die halbe Kümo-Flotte in Viererpaketen nebeneinander, alles wirkte wie ausgestorben. Mein Kapitän versorgte mich mit tröstenden Getränken und reichlich Taschengeld, so stand dem Fest der Feste nichts mehr im Wege.

Genau vis-a-vis der Bunkerstation gab es zu der Zeit eine urige Kneipe, die wohl überwiegend von Seeleuten lebte und in der sich der Zeit entsprechend auch ein paar „Damen" aufhielten, um sich ihren Teil der damals recht kargen Heuer von uns zu holen. Als die Kirchenglocken zu läuten begannen, hielt mich nichts mehr an Bord und ich stiefelte auf direktem Kurs in die Kneipe. Welche Freude! Der Wirt hatte einen Tannenbaum aufgestellt, überall brannten Kerzen und es duftete nach Glühwein, Braten und Weihnachtsleckereien. Seine Kinder spielten unterm Tannenbaum und packten die laufend hinzukommenden Geschenke aus. Altbekannte Weihnachtslieder ersetzten die sonst grölende Musikbox, und jeder Gast erhielt einen bunten Teller. Die Stimmung war absolut festlich und gut. Nach und nach trudelten auch die „Damen" ein, diesmal nicht in „Arbeitskleidung", sondern züchtiger als manche Kirchgängerin. Sie überhäuften die Kinder des Wirtes mit Geschenken, und man hatte den Eindruck, als seien alle eine große, gewachsene Familie. Leider schlug das Stimmungsbarometer mit zunehmendem Alkoholpegel bei unseren „Damen" um und es flossen Tränen, es gab Zusammenbrüche und Gelöbnisse auf ein „neues Leben".

Am ersten Weihnachtsfeiertag ging ich in den Krug zum Essen. Und siehe da, es war eine Verwandlung geschehen! Alle Zusammenbrüche und Tränen vom Heiligen Abend waren vergessen und die Freudenmädchen endlich wieder die alten. Kaum eine konnte oder wollte sich erinnern, was am Abend zuvor passiert war, und stolz gingen sie wieder ihrem Beruf nach.

# Weihnachten im Land Gaddafis

Vielversprechend begann die Reise ab Bremen nicht gerade. Bei dichtem Schneetreiben und eisigem Wind laschten wir Kisten, LKWs und diverse Gerätschaften, die noch als Deckladung mit nach Libyen sollten. Die Laderäume waren randvoll mit aller Art von Sammelstückgut. Doch selbst der großzügig ausgeschüttete Bonus an die Besatzung von Seiten des Charterers für Lasch- und Ladungsarbeiten konnte kaum die Stimmung heben. Wir hatten noch auf einen Adventssonntag bei unseren Familien gehofft, doch Extraschichten der Hafenarbeiter machten diesen Wunsch zunichte. Stattdessen verbrachten wir bis zum Erreichen der Nordsee weserabwärts die Nacht an Deck, um die Ladung zu verzurren.

Nordsee, Englischer Kanal und natürlich auch die Biskaya verwöhnten uns mit vorweihnachtlichen Genüssen und zeigten sich von ihrer charmantesten Seite! In der Höhe von Lissabon hatten wir bereits zwei Tage Verspätung, und so sank die Hoffnung, noch vor Weihnachten wieder aus Libyen herauszukommen. Aber zumindest vom Wetter her wurden wir entschädigt: Die Temperaturen stiegen auf frühlingshafte Grade an. Nach dem Passieren der Straße von Gibraltar zeigte sich auch das Mittelmeer freundlich, und wir holten ein paar Stunden auf. Doch beim Erreichen der Reede von Tripolis, die zum Bersten voll war mit Schiffen, erlosch der letzte Hoffnungsschimmer auf eine schnelle Entladung.

Schon am kommenden Morgen holte uns der Lotse in den Hafen. Anscheinend hatten wir dringend benötigte Güter geladen und wurden bevorzugt behandelt. Die Einklarierung hatte es mal wieder in sich! Es wurde nicht nur die Funkbude und alles an „geistigen Getränken" versiegelt, selbst dekadente westliche Zeitungen und Bikini-Schönheiten an den Wänden entgingen nicht den Kontrollen! Aber auch diese Schikanen gingen vorüber und die Löscharbeiten begannen recht zügig.

Am Heiligen Abend liefen wir aus, hatten aber noch Restladung für Benghasi, einen weiteren libyschen Hafen, so musste alles verplombt bleiben. Unser Kapitän ließ außerhalb des Hoheitsgewässers für zwei Stunden den Anker fallen, um eine kleine Weihnachtsfeier zu improvisieren. Gespräche mit daheim konnten nicht geführt werden, denn die Funkbude blieb versiegelt wie alles andere auch. Umso verwunderter waren wir, als der Alte ein paar Rotweinflaschen aus irgendeinem Versteck holte und es so wenigstens für ein Glas Punsch reichte.

Über Silvester lagen wir im wahrsten Sinne des Wortes hoch und „trocken" in Benghasi und freuten uns schon sehr auf den kommenden Ladehafen Marseille, um dort ein paar „Genüsse" nachholen zu können.

Gleich in der ersten Nacht nach dem Auslaufen erreichte ich während meiner Wache endlich über Kurzwelle meine Frau! Wir freuten uns schon auf den kommenden Abend, um endlich ungestört über eine Landverbindung sprechen zu können, denn neben der schlechten Qualität bedeutete ein Kurzwellengespräch immer auch: Die halbe Küste hört mit! Damit vertrieben wir uns die Zeit – ich eingeschlossen – während der „Hundewachen".

In Marseille nun konnte ich es kaum erwarten, an Land zu gehen, um nach über einem Monat mit meiner mir Angetrauten in Ruhe sprechen zu können, ohne quakende Funkgeräusche und lauschende Kollegen. Einen ganzen Berg Fünf-Francs-Stücke hatte ich organisiert und auch bald die passende Telefonzelle gefunden. War das ein Gefühl, endlich wieder die vertraute Stimme meiner Frau zu hören! Nach der von meiner Seite überschwänglichen Begrüßung fiel mir die ungewohnte Einsilbigkeit meiner Frau auf, und ich fragte besorgt, ob etwas passiert sei oder ob sie etwas habe.

„Weißt du, heute ist Dienstag und Dallas läuft – aber erzähl' ruhig weiter, ich hör' schon zu. Aber am besten wäre es, du rufst später wieder an!"

Kneipengespräch

Wir hatten das absolute Traumfahrtgebiet eines jeden Junggesellen, nämlich einen Südsee-Einsatz. Verchartert war unser Schiff an die Nauru-Linie, die im Süd-Pazifik schippert. Unsere Ladung bestand hauptsächlich aus Lebensmitteln und Hilfsgütern der amerikanischen Peacecard für die Südseeinseln.

San Francisco war quasi unser Heimat- und Ausgangshafen, und Hawaii war der letzte Hafen, bevor es weiterging in die Inselwelt. Teilweise waren es so kleine Koralleninseln, dass das Schiff auf Reede bleiben musste und die Ladung mit Leichtern an Land ging. Es war jedes Mal ein Volksfest, wenn wir ankamen, denn ohne unsere Linienversorgung waren die Ladenregale leer. Die Route verlief bis nach Nauru, Truck und Panape und dann wieder leer nach Frisco zurück.

Auch die Südsee hat nicht nur Sonnenschein und ruhige See, und ausgerechnet die Weihnachtsreise hatte es in sich, so dass wir erst am ersten Weihnachtsfeiertag einliefen. Wegen des schlechten Wetters war am Heiligen Abend nicht an eine Feier zu denken gewesen, und unser Kapitän bestand darauf, sie jetzt im Hafen nachzuholen. Recht lustlos ließen wir die Festlichkeiten über uns ergehen, jeder versuchte, sich so früh wie möglich zu verdrücken.

So stand auch ich abends um neun im Nieselregen am Pier und hatte das Glück, schon nach kurzer Zeit ein Taxi zu erwischen. Doch wohin? Da die alten Taxenkutscher ja auch gute Psychologen sind, machte mein Fahrer mir diverse Vorschläge, wo Hein Seemann all das finden konnte, was er brauchte. Als er meine ablehnende Haltung spürte – denn eine Milieukneipe war nun wirklich das Allerletzte, was ich mir in dieser Stimmung antun wollte –, fuhr er los, ohne das Ziel zu nennen. Ich solle mich mal überraschen lassen.

Eine übergroße Leuchtreklame ließ mich eigentlich das erwarten, was ich vermeiden wollte. Doch staunte ich nicht schlecht, als ich die Bar betrat: Ein riesiger Tresen mit heller, angenehmer Hintergrundbeleuchtung und einem Aquarium über die gesamte Fläche! Keine tief decolletierten Bardamen, sondern lautlos dahineilende Kellner. Gedämpfte klassische Musik schuf eine anheimelnde Atmosphäre, und die eng am Tresen sitzenden überwiegend männlichen Gäste schienen diese Stimmung zu genießen.

Ich fand noch einen Platz neben einem G.I., der offenbar sein Reisegepäck neben seinem Barhocker stehen hatte. Wortlos gab er dem Waiter Order, mir einen Drink miteinzugießen. Nun war es früher in den Staaten üblich, dass man das Geld neben seinem Glas liegen ließ und die Bedienung die Bestellung automatisch abrechnete. Nun war die Reihe an mir. Ich legte also auch einen Schein neben mein Glas, und bis auf das kurze Nicken bei jeder Bestellung sagte keiner ein Wort. Beide hingen wir unseren Gedanken nach, und während wir Drink um Drink leerten, beobachteten wir die Fische, als suchten wir in ihren stupiden Augen die Antworten auf unsere Fragen.

Es war schon weit nach Mitternacht, als meinem „Partner" plötzlich einzufallen schien, dass er seinen Mund nicht nur zum Trinken aufmachen kann, sondern auch zum Sprechen. „Everybody got his own story ...", murmelte er, und damit sackte er langsam vom Barhocker!

Nie wieder in meinem Leben habe ich mich so „tiefschürfend unterhalten" wie mit diesem Fremden an diesem ersten Weihnachtsfeiertag.

Schenken, ohne zu denken

Auch dieses Mal sollte es mit dem gemeinsamen Weihnachtsfest nichts werden. Irgendwie hatten wir uns schon daran gewöhnt, dass es eben immer anders kommt, als man es sich erhofft. Und wie heißt es doch so schön in der Seemannssprache: „Der Seemann denkt und der Reeder lenkt!" Mein Boss hatte mich schon Wochen vorher mit den üblichen Sprüchen vollgelabert, von wegen wir müssten zufrieden sein, überhaupt noch Ladung zu haben, viele Schiffe lägen schon auf, und letztendlich gäbe es genügend Kollegen, die auf meinen Posten warteten. Das gehörte nun mal in die Vorweihnachtszeit, schon um eventuelle Heuer-Aufbesserungen für das kommende Jahr abzuwürgen.

An einem traumhaft schönen Wintertag lag ich in der zweiten Adventswoche in Oslo und nahm mir ein paar Stunden Zeit, um einen Bummel durch die festlich geschmückte Einkaufspassage zu machen. Ich überließ Schiff und Container den Steuerleuten, jetzt waren die Weihnachtseinkäufe für die Familie wichtiger. Es herrschte Vorweihnachtsstimmung: tiefer Schnee, klirrender Frost und paketbeladene Menschen, die von Geschäft zu Geschäft hasteten. Entsprechend locker saß da meine Brieftasche, und nachdem ich für meine ehemalige Verlobte den obligatorischen Weihnachtspullover und ein paar Duftwässerchen erstanden hatte und das auch noch mit viel Sorgfalt in den Boutiquen eingepackt worden war, führte mich mein nächster Weg schnurstracks in einen Spielzeugladen. Unser Sohn war ein absoluter Lego-Fan, und es gab in der Zeit wohl nicht viel, was er vom Sortiment von Lego noch nicht besaß. Deshalb war sein Geschenk immer relativ einfach auszusuchen, gab es doch laufend neue Spiele, womit man den Park erweitern konnte. So kam ich dann strahlend wie ein Weihnachtsmann aus der Einkaufspassage, als ich plötzlich stutzte und zu rechnen begann. Wie lange bist du nun verheiratet? Und wie alt ist Junior? Mir klang es noch in den Ohren, dass Muttern gesagt hatte, er brauche wohl langsam einen Rasierapparat!

Noch immer grübelnd, suchte ich ein Café auf und rief meine Frau an, um das Ganze mit ihr zu besprechen. Als ich ihr von meinem Dilemma erzählte, lachte sie mich tüchtig aus und meinte, ich solle in Zukunft mal besser zuhören, wenn sie mir am Telefon etwas erzähle! So bekam Junior noch ein Zusatzgeschenk, nämlich den ersten elektrischen Rasierer. Gefreut hat er sich über beides.

Nachdenklich ging ich an Bord – spielte er im letzten Urlaub nun noch mit Lego-Steinen oder ist diese Zeit vorbei?

 Von drauß' vom Wasser komm' ich her ...
(Aus der Sicht der „Seemannsbraut" Dorothee)

Es war die typische Situation einer Seemannsfrau. Ich steckte mitten in den Weihnachtsvorbereitungen und ahnte schon Schlimmes, als sich am Telefon Norddeich-Radio meldete: „Spatz, es wird doch nichts mit dem gemeinsamen Weihnachtsfest, werde wohl in England liegen. Damit wir noch was voneinander haben, schnapp dir unseren Sohn und komm zur Schleuse. Ihr könnt die Ostseerundreise nach Finnland mitmachen und noch vor Weihnachten im Kanal wieder aussteigen. In 12 Stunden sind wir in Kiel! Bis dann also – und tschüs!"

Peng, das war es mal wieder! Die Familie denkt und der Reeder lenkt – so ein weiser Spruch meines Mannes. Mal wieder war mein Organisationstalent gefragt: Eine Oma musste zum Einhüten motiviert werden, schließlich waren ein Hund, drei Katzen und etliche Hasen zu versorgen. Tausend Termine mussten verschoben werden und es musste auch noch gepackt werden! Zwischendurch den Seewetterbericht abhören, denn mit meiner Seefestigkeit war es nicht weit her. Um diese Jahreszeit vermied ich es für gewöhnlich tunlichst, meinen Mann zu begleiten. Doch dies war eine Ausnahmesituation, wie so vieles, wenn man mit einem Fahrensmann verheiratet ist. So stand ich wie üblich Stunden zu früh an der Schleuse, da das Schiff – wie üblich – Verspätung hatte. Trotzdem verlief die Nordreise besser als befürchtet, selbst das Wetter spielte mit, wenn man davon absieht, dass wir, was die Kleidung betraf, nicht auf die minus 30 Grad vorbereitet waren, die uns im Nordbotten bereits erwarteten.

Wir genossen ein Adventswochenende in Nordfinnland mit Eis und Schnee. Überschattet wurde es lediglich von den Wettervorhersagen, die mein Herz in die Hose rutschen ließen. Meine schlimmsten Träume sollten Wirklichkeit werden! Kaum waren wir aus den Åland-Schären in die offenen Ostsee gekommen, wurden wir von einem starken Südweststurm durchgeschüttelt, der es in sich hatte und noch zunahm. Als dann noch vom Reeder die Order kam, nicht durch den Kiel-Kanal, sondern um Skagen zu dampfen, war es aus mit meiner Fassung und ich reagierte panisch. Die Seekrankheit hatte mich voll im Griff! Mein Mann tröstete und beruhigte mich, so gut er konnte, und versprach, eine Lösung zu finden, was ihm auch gelang.

Er wollte mich mit unserem Sohn in der Rinne vor Kopenhagen von einem Crewboot abholen lassen – nur konnte das aus Wettergründen nicht herauskommen. Die Lotsen hatten unseren UKW-Sprechfunkverkehr mitangehört und sich erboten, uns vom Schiff zu holen. Mit den Nerven am Ende saß ich wartend auf der

Brücke und beobachtete ängstlich die rot-weißen Lichter des Lotsenversetzbootes, das ein Spielball der Wellen zu sein schien. Jetzt halfen auch keine beruhigenden Worte mehr! Lediglich die Aussicht, bald wieder festen Boden unter den Füßen zu haben, weckte meine letzten Energien, und so klappte das Ausbooten besser als befürchtet. Das Ganze hat sich natürlich, wie immer in solchen Situationen, mitten in der Nacht abgespielt! Im Boot schnallte man uns mit Doppelgurten an, dann ging es aber nicht wie erhofft gleich in den Hafen, nein, zuerst musste noch ein Lotse von einem Containerschiff abgeholt werden, so dass wir noch über eine Stunde lang „Achterbahn" fahren durften.

Endlich im Hafen, kümmerte man sich rührend um uns und wir wurden in die Lotsenkojen verfrachtet. Am nächsten Morgen verwöhnte man uns noch mit einem Frühstück, dabei hörten wir die laufenden Sturmwarnungen, selbst der Fehmarnbelt hatte 11 bis 12 Windstärken gemeldet.

Am Bahnhof in Kopenhagen kaufte ich noch immer völlig kopflos eine Fahrkarte nach Kiel: „Nur nicht über Puttgarden!" Eine erneute Seefahrt wollte ich uns nicht antun. Welch ein Glück, dachte ich, dass man auch über Korsör und Flensburg fahren kann und so die Fährpassage vermeidet ...

Im gemütlich warmen Zugabteil erwachten langsam unsere Lebensgeister wieder, und unser Sohn erzählte einem Mitreisenden stolz die überstandenen Abenteuer. So dachten wir uns auch nichts dabei, als der Zug recht lange in Korsör hielt. Langsam rollte er weiter ... in die Fähre ... und wir hielten uns betroffen fest: Ich hatte in meiner Aufregung ganz vergessen, dass auch dieser Weg eine Seereise miteinschloss. Doch sie verlief ruhig, die tröstenden Worte unseres Abteilnachbarn taten ihr Übriges.

Endlich zu Hause gelandet, rief auch schon mein Mann an, er war mehr schlecht als recht in England angekommen. Zwei Tage später, die Kerzen waren angezündet, der Baum erstrahlte und die Bescherung sollte beginnen, da klingelte es! Nichts ahnend öffnete ich die Tür. Wer stand dort mit freudig frechem Grinsen? Unser Weihnachtsmann! Er hatte noch einen letzten Flieger erwischt, und so konnten wir allen Widrigkeiten zum Trotz ein gemeinsames Weihnachtsfest erleben!

Wat mutt, dat mutt

Am 23. Dezember konnte ich zum letzten Mal mit meiner Frau von Rotterdam aus telefonieren – das Handy-Zeitalter war noch in weiter Ferne –, und es war abgemacht, dass wir uns, wenn überhaupt, kurz in der Kieler Schleuse sehen, um uns „Frohe Weihnachten" zu wünschen und die obligatorischen Geschenke auszutauschen. Vom Mittelmeer kommend, war ich in Rotterdam dabei, Schüttgut zu löschen, und es zog sich endlos hin. Bedingt durch die bevorstehenden Feiertage war es unmöglich vorherzusagen, wann die Löscharbeiten beendet sein würden und wann es endlich in Richtung Norden weitergehen könnte. Nach Absprache mit dem Reeder hatte ich mir ursprünglich vorgenommen, in Kiel ein paar Stunden liegen zu bleiben, aber durch die Verzögerung war daran schon lange nicht mehr zu denken.

Da Seemannsfrauen bekanntlich recht eigenmächtig denken und handeln, die meine besonders, rief sie in Brunsbüttel in der Schleuse an und erkundigte sich nach meiner Ankunftszeit, was dort vom Schiffsmeldedienst weitergegeben wird. Nachdem sie eine

Auskunft erhalten hatte, trommelte sie Freunde von uns aus dem Bett und bat darum, mit unserem kleinen Sohn sofort nach Brunsbüttel gebracht zu werden. Unverzüglich kamen die Freunde mit ihrer betagten Ente angeschaukelt. Trotz der nicht gerade witzigen Straßenverhältnisse holten sie alles aus der Ente heraus, was sie hergab. Verkehrsschilder und Ampeln kannten sie nicht mehr, und die Strecke von Schönberg bei Kiel nach Brunsbüttel schafften sie tatsächlich in zweieinhalb Stunden. Beide waren Kettenraucher, die Heizung war nicht zu regulieren, und die selbstverständlich mitgenommene Hündin fing an zu stinken vor Freude. So blieb als Zugabe bei meiner Frau die Migräne nicht aus. Abgehetzt kamen sie auf der Schleuse an. Als der Makler sagte, dass mein Schiff noch gar nicht gemeldet sei und sich damit die telefonische Auskunft als falsch herausstellte, brachte es das Fass zum Überlaufen.

Ausgerechnet zu diesem Zeitpunkt war das Seemannsfrauenheim, wo Angehörige auf „ihr" Schiff warten können, geschlossen und guter Rat war teuer. Zum Glück hatte der Makler bereits eine Bunkerorder für mein Schiff vorliegen und nach vielem Suchen fanden unsere Freunde auch die Bunkerstation und setzten meine Frau dort ab. Die Angestellten der Bunkerstationen sind fast ausnahmslos ehemalige Seeleute, und sie hatten viel Verständnis für die Situation. Sie nahmen sich meiner Frau und meines Sohnes und des Wauwaus in rührender Weise an. Nach einem Imbiss wurden die drei in einem Wachraum einquartiert, wo sie ihren versäumten Schlaf nachholen konnten.

Durch günstige Tidenverhältnisse hatte ich einiges an Zeit herausholen können und war am ersten Weihnachtsfeiertag schon morgens um 3 Uhr in der Schleuse. Lustlos nahm ich noch die Bunkerorder entgegen, die meine ersehnte Ankunft nur noch weiter verzögern würde. An der Bunkerstation hatte ich kaum die Spring fest – die erste Leine, die an Land geht, um mit ihr das Schiff an die Pier zu drehen –, als mich die Bunkerleute aufgeregt an Land winkten. Ich überließ Lotsen und Steuerleuten das restliche Anlegemanöver und sprang, sobald es mir möglich war, an die Pier. Ich solle mal schnell in den Wachraum schauen … mich traf fast der Schlag! Dort lag meine Familie, inklusive „Susi", eng aneinander gekuschelt auf einer Pritsche, und lediglich meine liebe Hündin blinzelte mir verschlafen zu.

Und dann hatten wir mal wieder trotz aller vorausgegangenen Sorgen und Nöte ein gelungenes Weihnachtfest, wenn auch nur für ein paar Stunden während der Kanalpassage.

Das Christkindl

Jeder von uns, der ein Haustier hat, ob Hund, Katze oder Wellensittich, ist davon überzeugt, seines ist etwas Besonderes, was Intelligenz, Wesen oder einfach nur Liebenswürdigkeit angeht. Nun, meine Susi hatte all diese Eigenschaften und Tugenden in sich vereint und noch tausend andere, denn ihr Stammbaum war äußerst edel.

Ich fuhr Mitte der Siebziger auf einem uralten Seelenverkäufer zwischen Westafrika und Italien mit Locks – Edelhölzer in riesigen Baumstämmen für die Möbelindustrie –, und eine Rundreise dauerte circa drei Monate. Kurz bevor ich in Livorno anmusterte, war Susi als sechste Hündin eines tollen Wurfs zur Welt gekommen. Ihre Mutter stammte aus einem Edelbordell in Genua und der Vater war angeblich ein echter Hafenstreuner aus Abidjan. Die Hündin hatte die Strapazen einer Seereise wohl auf sich genommen, um ihren Wurf wohlversorgt zur Welt zu bringen. Das Tolle an dem Wurf war, dass jeder Welpe anders aussah, ein echter Spitz und ein echter Dackel waren auch darunter. Nur

Susi glich ihrer Mutter – ein Mix aus Dalmatiner, Bergziege und Windhund –, die offenbar ihren Wurf in besten Händen wusste und bereits während der Italienrundreise wieder in ihrem Milieu verschwand. Erwähnt werden muss noch, dass alle Kinder ein liebevolles Zuhause fanden und von verschiedenen Besatzungsmitgliedern adoptiert und mit nach Deutschland genommen wurden.

Susi entwickelte sich prächtig und war genau das, was man sich unter einem echten Bordhund vorstellt. Nur mit Afrika hatte sie nicht viel am Hut, obgleich ihr Vater ja von diesem Kontinent stammte.

Zum Laden der Baumstämme hatten wir immer sechzig bis achtzig schwarze Crew-Boys an Bord, die die Verladearbeiten nach unseren Anweisungen ausführten. Sie lebten während der sechs bis acht Wochen, die die Verladung dauerte, auch auf dem Schiff und wurden von uns mitverpflegt. Zu Susis täglichem Morgenritual gehörte es, sobald sie meine Kabine verlassen hatte, unter fürchterlichem Gekläffe ein paar der armen Crew-Boys um den Dampfer zu jagen – deren Pein ich dann mit kleinen Geschenken lindern musste. Danach kam sie freudestrahlend und schwanzwedelnd an, als wollte sie sagen: „Jetzt habe ich mir aber mein Frühstück verdient!"

Unruhig wurde Susi erst wieder auf der Nordtour, ab Gibraltar war es aus: Alles in ihr lechzte nach einem wohlverdienten Landgang und sie konnte es kaum erwarten, dass wir den ersten Löschhafen erreichten. Die Gangway war noch gar nicht ganz auf dem Pier, schon war sie verschwunden. Obwohl wir bis zu acht verschiedene Löschhäfen mit unterschiedlichsten Liegezeiten hatten, verpasste sie nie die Abfahrt und sprang als letzte an Bord.

Einmal wurde ich in Bari mitten in der Nacht von ihr geweckt, sie hatte einen Verehrer mitgebracht. Sie stellte mir einen Edelpudel vor – gestylt und gestriegelt, mit Silberhalsband und Namensschild –, so nach dem Motto: „Schau mal, Alter, was ich für noble Typen abschleppen kann!" Sie verbrachten kurze Flittertage an Bord und die Folgen stellten sich dann während der Seereise ein.

Es sollte meine letzte Reise sein, doch, obwohl schon weit über ein Jahr an Bord, klappte es mit der Weihnachtsablösung nicht. Dass ich Susi mit nach Hause bringen durfte, war mit meiner Frau bereits abgesprochen, und aufgrund meiner vielen Erzählungen freute sie sich schon darauf. Susis Schwangerschaft war nun nicht mehr zu übersehen. Drei Tage vor Weihnachten war sie während des Bunkerns in Dakar mal wieder ausgebüxt und ich fand sie bettelnd vor der Kombüse auf einem gegenüberliegenden dänischen Schiff. Mit einem Riesendonnerwetter sperrte ich sie in meine Kabine bis zum Auslaufen. Betteln hatte sie nun wirklich nicht nötig, unser Koch verpflegte sie teilweise besser als uns! Nur – das lag in ihrem Stammbaum, war wohl die väterliche Seite.

Zum Fest der Feste hatte die Decks-Crew das Bootsdeck weihnachtlich geschmückt. Unter den Sonnensegeln erstrahlten tausend bunte Lichter, so dass der Tannenbaum, der ohnehin recht kahl aussah, kaum mehr zur Geltung kam. Ein Riesengrill war aufgebaut, Bier stand gekühlt im Stangeneis in Wannen überall verteilt und die Stimmung war recht gut. Selbst unser Käpitän hatte sich zur Feier des Tages mal ein frisches Hemd angezogen – und während er noch die Weihnachtsgeschichte vorlas, legte uns meine Susi ohne großes Getue ihr Junges an Deck. So hatte ich mein ganz persönliches Christkindl.

Im Februar kam ich dann per Leihwagen mit zwei Hunden über die Alpen nach Hause und meine Frau staunte nicht schlecht.

Auch das ist Weihnachten

Diesmal sollte es mit „Weihnachten zu Hause" endlich mal klappen. Ich war sogar schon seit Beginn der Adventszeit bei meiner Familie, und der Urlaub sollte bis weit in den Februar hinein gehen. Die mehr als euphorische Stimmung war nur getrübt, weil wir von unserer Susi Abschied nehmen mussten, was uns alle sehr belastete. Nachdem der größte Schmerz vorbei war, hatten wir uns darauf geeinigt: Es muss auf alle Fälle wieder ein Hund in unseren Zoo. 12 Zwerghasen und 3 Katzen brauchen schließlich einen Leithammel!

Meine Frau hatte schon diverse Hundebücher aus Leihbüchereien und von sonst woher besorgt, um Wesen und Charakter der einzelnen Rassen zu checken. Ihre beiden Traumhunde, nämlich Chow-Chow und Neufundländer, kamen wieder ins Gespräch, aber wir meinten ja, noch Zeit bis nach Weihnachten zu haben, um uns gründlich mit diesem Thema auseinander zu setzen. Immer wieder kamen Zweifel auf, ob es nach den guten Erfahrungen mit unserem „Edelbastard" nicht doch wieder ein Mischlingshund sein sollte, dem man ein Zuhause bietet, anstatt viel Geld für einen Rassehund auszugeben. Denn letzten Endes bestand der gesamte Zoo meiner lieben Frau schon aus „Findelkindern", denen sie auf irgendeine Art und Weise das Leben gerettet hatte.

Ein Anruf setzte unserem Grübeln ein Ende: Mein Ablöser sei krank geworden und ich müsse am 22. Dezember nach Marseille fliegen, das Ticket liege schon bei der Lufthansa in Hamburg bereit, frohe Weihnachten!

Noch bevor wir uns von diesem Schreck erholen konnten, musste das „Hundeproblem" gelöst werden. So einigten wir uns dann doch schnell auf einen Mischling aus dem Tierheim. Das Problem war nur, der Hund müsste sich in unseren Zoo integrieren können, sprich: er musste jung sein. Ich klemmte mich ans Telefon in der Annahme, es sei das kleinste Problem, so zu unserem Hund zu kommen, da sich ja jedes Tierheim freut, einem ihrer Zöglinge ein neues Zuhause geben zu können.

Hunde zum Weggeben hatten auch alle, nur keinen Welpen. So kamen wir allmählich immer mehr in Zeitdruck, bis uns der Tierarzt einer Hundeauffangstation, die privat in Süderbrarup geführt wird, sagte, er könne uns weiterhelfen. Wir fuhren noch am gleichen Tag hin. Die Familie hatte sich herrenloser Hunde angenommen und diejenigen, die absolut nicht mehr vermittelbar waren, in ihre Familie integriert. Sie tranken gerade Kaffee, diverse Hunde aller Größen und Rassen, auf ihr

„Lecker" wartend, mit am Tisch. Nachdem wir der Familie unsere Not mitgeteilt hatten, strahlten ihre Gesichter, wussten sie doch, dass sie jetzt wieder eines ihrer vielen Sorgenkinder in ein neues Zuhause vermitteln konnten.

Wir kamen in einen Schuppen, in dem uns aus verschiedenen Zwingern traurige Hundeaugen anschauten. Für meine Frau war das zu viel, sie wollte gleich wieder fort. Da drückte ihr plötzlich die „Hundemutter" einen Welpen an die Brust, der munter quietschte und gleich sein kleines Geschäft verrichtete: „Das ist genau das Richtige für Sie!" Ein Schäferhundmix, der Größte seines Wurfs. Kaum sechs Wochen alt, war er doppelt so groß wie seine Geschwister und eigentlich noch zu jung, um abgegeben zu werden. Wir waren von der Situation wohl etwas überfordert, denn ehe wir recht zum Nachdenken kamen, saßen wir – meine Frau den Welpen noch immer am Busen – im Auto auf der Heimfahrt. Sie hatte nie einen Schäferhund gewollt und erst recht keinen Rüden!

Doch im Nachhinein möchten wir die 13 Jahre, die er uns begleitet hat, nicht missen.

Die Schneekatastrophe

Weihnachten war endlich wieder geschafft, wenn auch nicht so, wie wir es uns familiär erhofft hatten. Doch mit den Jahren hatten wir gelernt, die Feste so zu feiern, wie wir uns sehen konnten, und da ich in spätestens acht Tagen zu Hause sein sollte, würde mich dort garantiert noch ein geschmückter Tannenbaum erwarten. Ich kam mit meinem Dampfer aus dem tiefsten Süden Afrikas, und außer einem dreiminütigen Kurzwellengespräch und dem obligatorischen Grußtelegramm hatten wir lange nichts voneinander gehört. So freute ich mich, bald an die spanische Küste zu kommen, denn dort gab es wenigstens wieder UKW-Funkkontakt, und man konnte vernünftig sprechen!

Dann wurden die Nachrichten der Deutschen Welle immer dramatischer. Dass eine große Schneekatastrophe im Werden sei und davon besonders die Kreise Plön und Segeberg betroffen sein würden. Meine Unruhe stieg, und mit blühender Fantasie malte ich mir bereits Schreckensbilder aus, vor allem, weil es in den Nachrichten hieß, es sei auch Stromausfall gemeldet. In der Silvesternacht gab Norddeich-Radio nach mehreren Fehlversuchen auf, eine Verbindung herzustellen, und kaum waren wir im UKW-Bereich der spanischen Küste, nervte ich sämtliche Stationen hoch bis zur Biskaya. Endlich am Neujahrstag gelang Norddeich-Radio doch noch eine Verbindung. Und ich fragte mehr als gehetzt, ob denn alles klar und die Familie wohlauf sei? Mein liebes Weib lachte nur und meinte, sie hätten zwar viel Schnee, aber sie habe in der Silvesternacht mit einer Thermoskanne Grog amüsiert dem Fernsehprogramm gelauscht.

In Rotterdam sollte ich abgelöst werden, und die Story geht noch weiter. Obwohl im Kreis Fahrverbot galt, schaufelte meine Frau mit Hilfe der Nachbarn die Garage frei, schnappte sich Kind, Hund und Katze und fuhr nach Hamburg zu Freunden! Die vier Stunden lang saß ihr die Katze im Nacken, der Hund motzte und Junior tat ein Übriges. Die Katze wurde bei den Freunden abgeladen und es ging per Zug weiter nach Rotterdam. Und ich staunte mal wieder nicht schlecht, wer mich beim Einlaufen am Pier erwartete.

Die lebende
Weihnachtsüberraschung

Meine Frau stammt aus einem kleinem Dorf in Niedersachsen. Ihr Vater war Fischermann auf einem Heringslogger aus Vegesack. Das war Anfang der Fünfziger wohl das härteste Brot in der Seefahrt, und Urlaub gab es für diese wackeren Männer nur zwischen Weihnachten und Neujahr. So versuchten sie, ihren Familien in der Zeit alles zu geben, wozu sie materiell die Möglichkeiten hatten und emotional in der Lage waren.

Klein-Dorothee hatte auf ihrem Wunschzettel schon lange an oberster Stelle eine Katze stehen, nur Muttern war dagegen. Zu der Zeit waren „Kuscheltiere zum Spielen" nicht angesagt. Man hielt sich Hühner, Enten, Gänse und Kaninchen, die dann irgendwann im Bratentopf landeten und so ihren praktischen Sinn erfüllten. Als Vater dann zwei Tage vor dem Fest nach Hause kam, wurde er natürlich überglücklich umringt, und man versuchte beim Auspacken seines Seesacks schon zu spekulieren, ob man nicht den einen oder anderen Blick auf die zu erwartenden Geschenke werfen konnte. So fieberte das kleine Mädchen dem Fest entgegen, und die Zeit bis zur „Stunde X" zog sich endlos hin! Während der Vater den Christbaum in der Stube schmückte, versuchte Dorothee mit vielen Tricks einen Blick zu erhaschen oder doch wenigstens ein Geräusch zu hören von ihrem sehnlichst erhofften Weihnachtsgeschenk, aber es gelang ihr einfach nicht.

Das Warten nahm kein Ende, und während der Christmesse rutschte sie schon ungeduldig auf der Kirchenbank herum. Endlich zu Hause, erstrahlte der Baum, und der Vater ging auf die Straße, um den Weihnachtsmann dort zu erwarten und ihm zu helfen, seinen Schlitten anzuhalten, damit er ja nicht vorbeiführe! Da pochte es auch schon an der Haustür, und Klein-Dorothee quälte sich wacker ihr Weihnachtsgedicht durch den Hals! Schließlich war sie in der letzten Zeit nicht immer artig gewesen und es gab so manche Kleinigkeit, die ihr der Weihnachtsmann vorhalten könnte.

Aus dem Sack kamen dann ein paar Spielsachen, etwas zum Anziehen und … eine völlig verstörte Katze zum Vorschein!

Aber die Freude währte nur kurz, denn kaum hatte sich die Katze von ihrem Schock erholt, raste sie durchs Wohnzimmer, sprang in den Tannenbaum mit seinen brennenden Kerzen, der dann auch prompt umfiel. Die Aufregung erreichte ihren Höhepunkt: Baum löschen und die Katze aus dem Sofa befreien, wo sie sich zwischen den Sprungfedern versteckt hatte. Das Sofa wurde umgedreht, dafür mussten auch die anderen Möbel verrückt werden, Klein-Dorothee stand laut heulend in dem Chaos und die Katze entfleuchte in die Küche, drehte vorher zu allem Überfluss noch eine kleine Runde über den festlich gedeckten Tisch! Weiter ging ihr Fluchtweg durch die offene Küchentür über den Flur durch die Waschküche, und endlich erlangte sie durchs Plumpsklofenster die Freiheit.

Klein-Dorothee war untröstlich. Doch wie das Leben manchmal so spielt, kam ein paar Tage später ein Abgesandter des Weihnachtsmannes und brachte ihr eine kleine süße Katze, die sie dann stolz im Puppenwagen durchs Dorf spazieren fuhr.

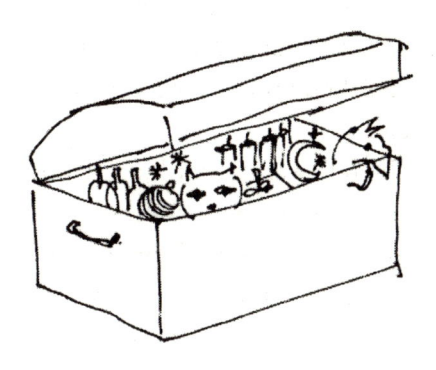